閱讀123

天下第一蟀

文 謝武彰　圖 林芷蔚

唧……唧……唧……唧……

唧……唧……唧……唧……

聽——是什麼在唧唧叫呢？

唧……唧……唧……唧……

紫禁城，是皇帝的辦公室，是皇帝的私人博物館，

也是皇帝的家。

紫禁城，金碧輝煌，
宮牆高聳，門禁森嚴，是
天下第一豪宅。
但是，住在裡
面快樂嗎？

紫禁城裡的皇帝一位傳一位，這一回，傳到了明朝的宣宗皇帝。

宣宗皇帝很會畫畫，更喜歡養蟋蟀、鬥蟋蟀。

皇帝帶頭鬥蟋蟀，大家當然就有樣學樣。於是，紫禁城裡就瘋起養蟋蟀、鬥蟋蟀來了。

小小的蟋蟀，為宮廷生活，帶來了不少的樂趣。

但是，皇帝這小小的嗜好；竟然，為百姓帶來了大大的痛苦。

蟋蟀的需求量愈來愈大，而紫禁城又不出產蟋蟀，不過這對皇帝來說，只是一件小事，因為他只要開開金口就行了。

宣宗皇帝下了密令，要蘇州知府況鐘，每年進貢一千隻蟋蟀到紫禁城。

接到了皇帝的密令，蘇州知府況鐘緊張極了。因為，這件事關係著自己的腦袋和官位；所以，他一點也不敢馬虎。

於是，蘇州知府況鐘立刻命令手下，用了各種方法，開始徵收蘇州地區的蟋蟀。

這個消息一傳開來，蟋蟀的價格飛快飆漲，一隻小蟋蟀的價錢，竟然漲到好幾十兩黃金！

純樸的民間，像一壺煮開的水，滾燙著。

蘇州府裡，竟然有一戶人家，因為蟋蟀而鬧出了三條人命。這個「蟋蟀現象」，後來有民謠流傳著——

促織瞿瞿叫，
宣德皇帝要。

意思是說，蟋蟀唧唧叫著，宣宗皇

帝就是想盡辦法，也要把牠們全都捉來。

宣宗皇帝這小小的嗜好，真是要人命啊！

蘇州知府愈是努力的徵收蟋蟀，百姓的痛苦就愈深。

後來，知府終於把一千隻蟋蟀，準時送到了紫禁城，宣宗皇帝愈看愈高興。於是，下令重賞知府。

註：「宣德」是明宣宗的年號。

各地的官員看到小小的蟋蟀，竟然有這麼大的作用，當然就有樣學樣。大家都把進貢蟋蟀給皇上，當成了最重要的事情。

陝西，並不是蟋蟀的主要產地。但是，陝西華陰縣令為了討好上司，也為了自己的前途，他也開始加入這場怪異的遊戲中。

這些日子，他好不容易才找到了一隻蟋蟀。雖然，這隻蟋蟀看起來並不起眼；但是，有總比沒有好啊！於是，他就硬著頭皮，把這隻小蟋蟀呈給了上司。

縣令的上司一看，竟然是一隻毫不起眼的蟋蟀，他哪敢往上級送？萬一不行，不是就把自己害慘了嗎？於是，他決定

先試試小蟋蟀的身手。縣令的上司派人找了幾隻蟋蟀，來和牠相互比鬥。

啊——想不到，這縣令送上來的蟋蟀，竟然非常勇猛，每一場比賽都戰勝！

縣令的上司看了又驚又喜，於是，他就命令華陰縣令，一有好蟋蟀，必須立刻獻上來。

華陰縣令接到了上司的命令，當然知道這是個苦差事。但是，為了保住自己的烏紗帽，他立刻就把這個燙手山芋，往下派給縣裡每一個鄉鎮的里長。

就這樣，整個華陰縣開始雞飛狗跳！

大家都放下工作，把田裡、花圃、牆角、石頭堆和瓦片堆，全都翻遍了。

整個華陰縣，大家忙著找蟋蟀。整個華陰縣，大家忙著捉蟋蟀。鬼靈精怪、遊手好閒的人，全都嗅出了這個大好的商機。

有的人到處找蟋蟀，把田裡、花圃、牆角、石頭堆和瓦片堆，全都翻遍了。一捉到不錯的蟋蟀，就趕快用籠子養著，再把蟋蟀的價錢不斷的提高。

有的人甚至什麼事也不做，專門蒐購蟋蟀。然後，再哄抬價錢，等買家一上門，再狠狠的發一筆橫財。

於是，整個華陰縣的百姓，都被這種怪異的氣氛籠罩著，吃也吃不好、睡也睡不好。

更慘的是，衙門裡有一些狡猾的衙役，把它當成發財的機會，捏造各種理由，向百姓強收一些莫名其妙的費用。過了不久，被指定必須交蟋蟀的人家，有好幾戶都破產了！

但是——

里長，還在等著百姓交來的蟋蟀哩！

縣令，還在等著里長交來的蟋蟀哩！

知府，還在等著縣令交來的蟋蟀哩！

皇帝，還在等著知府交來的蟋蟀哩！

華陰縣裡，有一個叫成名的人。雖然，成名很想讀書考個功名；但是，他的性情卻很內向，所以，連進縣學讀書的機會也沒有。

雖然，名字叫做成名；但是，成名卻一直

沒有成名。所以，他常常成為別人取笑和作弄的對象。

不如意的成名，只想平平靜靜的讀書、過日子。想不到——

災禍，卻悄悄的降臨了……

老實的成名，竟然被狡猾的衙役，悄悄的盯上了；他們設好了圈套，打算來陷害成名……

衙役隨便編了一個理由，推薦成名當里長。成名一聽，簡直嚇壞了！他想盡各種理由推辭，但就是沒有辦法擺脫這個苦差事……

當了里長的成名，整天唉聲嘆氣。

成名的妻子，也跟著唉聲嘆氣。

才不到一年的時間，成名僅有的一點錢，就快用完了。更慘的是，這時候，又到了官府徵收蟋蟀的日子。

當上里長的成名，還是非常內向，他哪敢向里民徵收蟋蟀呀？徵收不到蟋蟀，這些帳就全都算在成名的頭上。窮困的成名，哪有錢買蟋蟀來交差啊？

這也不行、那也不行，成名一天比一天沮喪。他覺得，自己就快被小小的蟋蟀逼死了。

他常常想——

這，是什麼道理啊？

這，是什麼世界啊？

這時候，成名的妻子對他說：

「死，哪能解決問題啊？既然徵收不到蟋蟀，我們又賠不起，哪能坐著等死呀？家裡沒錢買蟋蟀來交差，唯一的辦法，就是自己去捉蟋蟀。雖然，機會並不是很大；但是，說不定老天爺會可憐我們，出現奇蹟哩！」

成名聽了妻子的話以後，覺得很有道理。在家裡唉聲嘆氣，就跟等死沒有兩樣。出門去碰碰運氣，說不定還有活命的機會。

於是，成名就忙著準備捕捉蟋蟀的工具……

第二天，成名帶著裝蟋蟀的銅絲籠子和小竹筒，出門找蟋蟀去了。

成名到倒塌的圍牆邊翻一翻、草叢裡撥一撥、石堆縫找一找、孔洞裡探一探。

他仔細的找蟋蟀，只要是蟋蟀可能躲藏的地方，全都不放過。

成名認真的找蟋蟀，可是，蟋蟀好像先得到消息似的，全都躲了起來。

成名從早找到晚，忙得腰痠背痛，累得頭昏眼花，就是找不到好蟋蟀。他愈找愈著急，也愈找愈洩氣。

雖然，成名並不是完全沒有收穫；但是，即使捉到了兩、三隻蟋蟀，卻都是非常弱小，根本就不符合徵收

的標準。拿這樣的蟋蟀去交差，換來的只是一頓打罵而已，何必自討沒趣呢？

每天一大早，成名就帶著裝蟋蟀的銅絲籠子和小竹筒，出門去找蟋蟀。

倒塌的圍牆、草叢裡、石頭堆和小孔洞，蟋蟀可能躲藏的地方，成名全都不放過。可是，蟋蟀好像先得到了消息，全都躲了起來。

很快的，十幾天過去了。

成名既交不出蟋蟀，更交不出錢。縣令愈看愈生氣，說他是故意拖延時間。於是，就把成名狠狠的打了一百大板。

成名挨了這一頓毒打，身體傷得不輕。他回家以後，只能趴在床上養傷，

哪還能出門去捉蟋蟀呢？

小小的蟋蟀，竟然能把人逼成這樣，成名真的快喘不過氣來了。

就在成名快絕望的時候——

這一天，村子裡忽然來了一個駝背的巫婆，說能替人卜卦。

成名的妻子聽到了消息，她暗暗想著，倒不如去問一問巫婆，說不定會有一點轉機。

於是，成名的妻子翻了又翻、找了又找，好不容易才找出僅有的一點錢。她帶著錢，匆匆來到巫婆問卜的地方。

巫婆問卜的房子前面，早已經圍著一群看熱鬧的人。

成名的妻子擠過人群，進了房子裡。

房子裡面暗暗的，中間拉起了一張布簾，把房間分成裡、外兩部分。布簾外面擺著香案，讓來求神的人燒香、拜拜。

布簾裡面，不知道藏了些什麼？

巫婆站在旁邊，抬頭向上望著，低聲幫人禱告。她的嘴巴像魚一張一合的，不知道在說些什麼？

大家都靜靜的站在旁邊，沒有人敢發出聲音。

過了一會兒，布簾裡扔出了一張字條，上面就寫著指示。

成名的妻子把錢擺在香案上，學著別人燒香、拜拜。

過了好一會兒，布簾輕輕的動了。接著，從後

面扔出了一張字條……

成名的妻子，趕快把字條撿起來。她打開字條一看，上面並沒有寫字，只是一張簡單的圖。中央畫的好像是宮殿，又有點像是寺院，後面有一座小山，山腳下有一個樣子奇特的石頭，石頭旁邊還畫著荊棘和雜草。

成名的妻子繼續看下去，啊！她幾乎叫了出來……

石頭的旁邊，畫著一隻蟋蟀。蟋蟀旁邊還有一隻蛤蟆，好像就要跳起來……

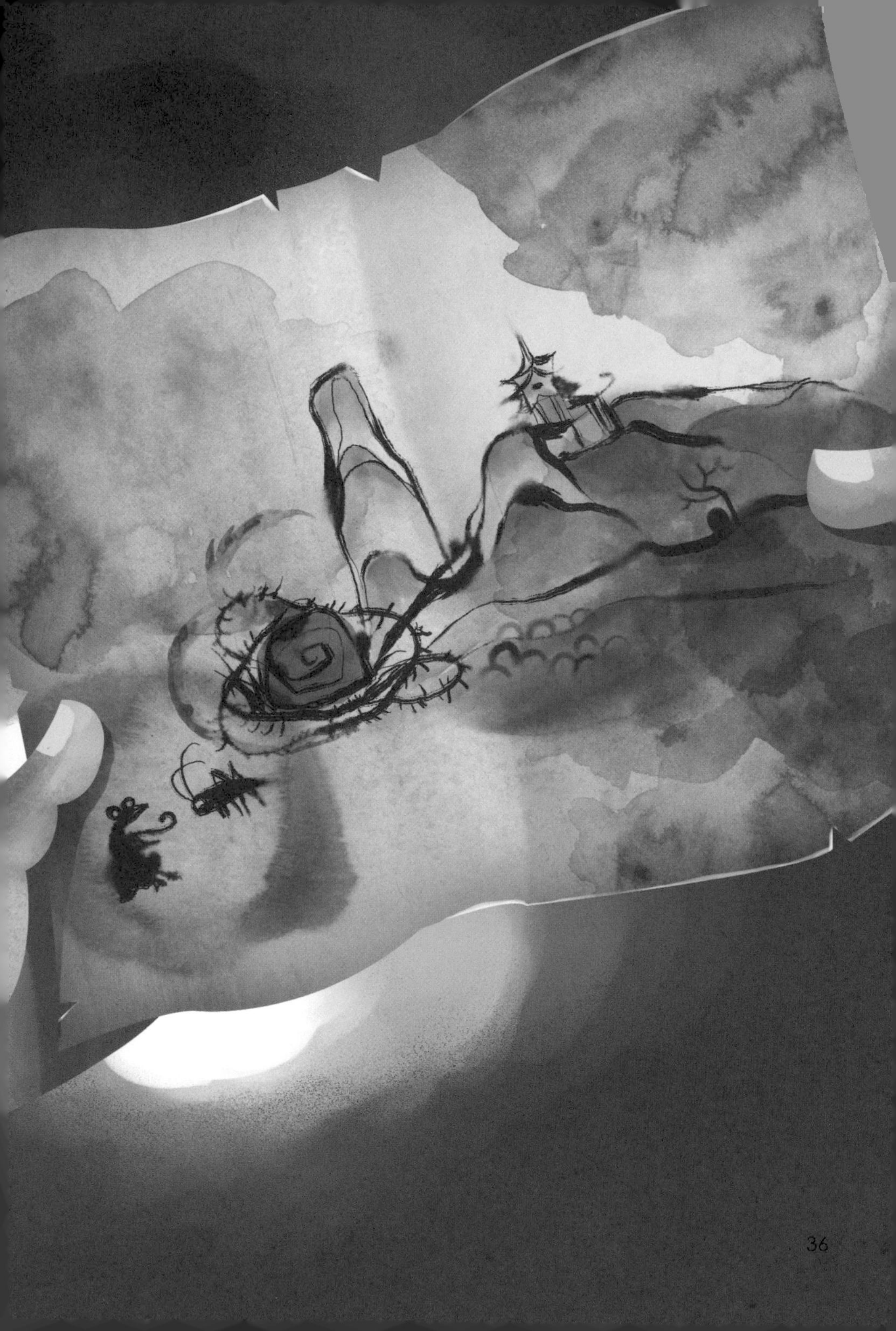

成名的妻子，根本就看不懂圖的意思。但是，當她看到了圖上的蟋蟀，正好說中了心事——

怎麼會這麼巧呢？

成名的妻子趕快把紙摺好，小心的帶回家，把它交給了成名。

這張圖，就像一個啞謎。

成名看了又看、想了又想，難道這是告訴我，圖上畫的地方，能找到蟋蟀嗎？

這地方，又在哪裡呢？

成名仔細的想了又想、想了又想……

啊——有了！有了！

這不是村子東邊的大佛閣嗎？

於是，成名強忍著疼痛，起身、下床，帶著圖、拄著枴杖，慢慢的來到大佛閣後面——

啊！竟然有一座古墓，
這就是圖上的小山頭嗎？
成名順著古墓向前走，
看到魚鱗般排列的石頭，
很像圖上的模樣。

成名想著，這張圖真是神奇啊！說不定，真的能有一些收穫哩！

於是，他就瞪大了眼睛，認真的找起蟋蟀來。

成名在草地上，邊走邊注意看、邊走邊注意聽，愈小的地方，就看得愈仔細。

他走了好一會兒，覺得有些累了。但成名還是不敢放棄，他休息了一會兒，就繼續尋找蟋蟀。

突然——有一隻蛤蟆，從成名的面前跳了過去！

啊！這不是圖上的蛤蟆嗎？

於是，成名趕緊追了上去。

這時候，蛤蟆已經跳進了草叢裡，成名趕快撥開草叢找蛤蟆。

啊——成名簡直不敢相信，竟然……竟然……

有一隻蟋蟀，伏在荊棘下面！

成名看了，一顆心撲通撲通跳著，他顧不得身上的疼痛，扔掉了枴杖、撲向蟋蟀。但是，蟋蟀哪會傻傻的等人來捉呢？牠立刻就跳進了石頭的縫隙裡。

成名看了，急忙摘了一根細長的青草來撥弄。但是，蟋蟀就是躲在裡面不肯出來。

於是，成名就改用水攻，他到寺院裡提了一桶水，對著石頭縫隙猛灌……

一開始，蟋蟀還挺得住；後來，終於受不了，衝了出來……

千萬不能失去這個大好機會！

成名一把捉住了蟋蟀，把牠裝進籠子裡。

然後，他仔細看著這得來不易的蟋蟀——

啊！大大的個頭、長長的尾巴，綠綠的脖子、金黃的翅膀，這可是公認一等一的蟋蟀啊！

成名高興極了！

有了這隻蟋蟀，自己就有救了。

有了這隻蟋蟀，全家就有救了。

成名高高興興的帶著蟋蟀回家，他覺得身上的傷好多了。

成名回到家裡，把這個好消息告訴了妻子。這隻蟋蟀，真是比金銀珠寶更珍貴啊！於是，全家人都籠罩在歡樂的氣氛中。

成名趕緊把蟋蟀放進盒子裡，用最好的食物養牠，寶貝得不得了。

成名暗暗想著，先把蟋蟀養著，等期限到了，再送到衙門去交差。

但，人算不如天算……成名有一個九歲的兒子，他看著父母親這麼寶貝一隻小蟋蟀，家裡的氣氛也大大的改變了，引起了他的好奇心。

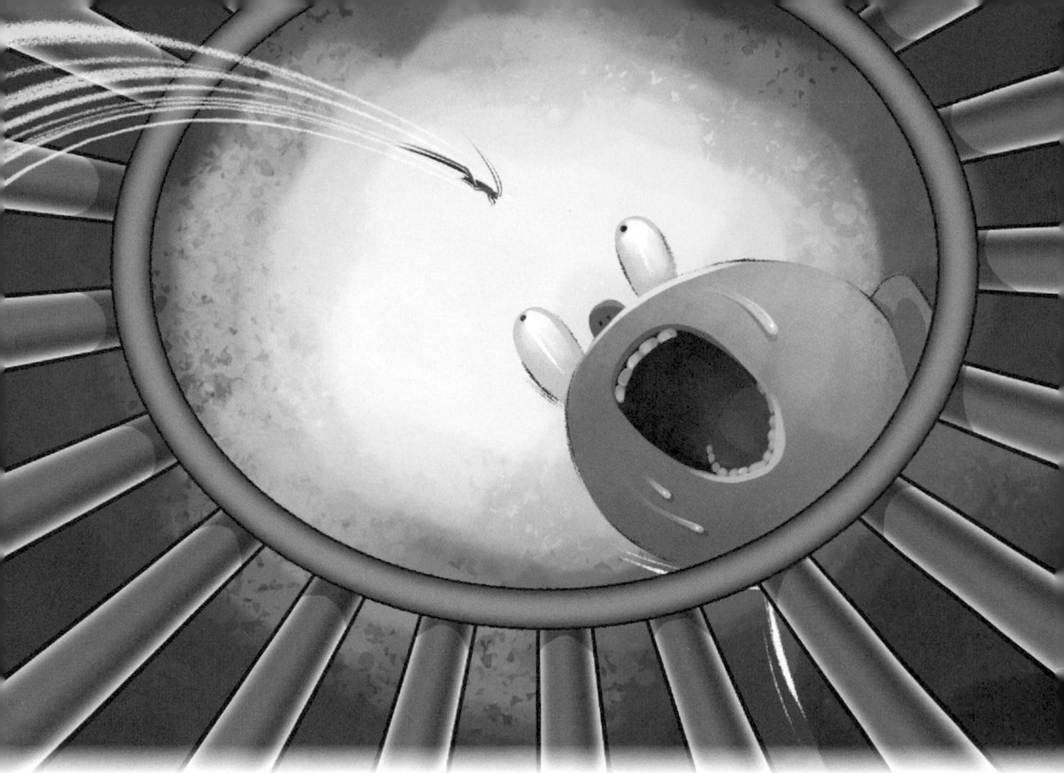

於是，他趁著成名不在家的時候，偷偷的打開了蟋蟀的盒子……

這是多麼難得的機會啊！被關了很久的蟋蟀，看到盒子打開了，牠用力一蹦，跳出了盒子……

由於，事情發生得太快了，成名的兒子想趕快把蟋蟀捉回來，但卻太過著急、太用力，等捉到蟋蟀的時候，他張開手一看——

慘了！慘了！

蟋蟀的腿斷了！

蟋蟀的肚子也破了！

這隻一等一的蟋蟀，就這麼死了。

成名的兒子嚇壞了，他捧著蟋蟀跑去告訴母親。

成名的妻子一看，嚇得臉色灰白，這不是要害死全家嗎？由於她太心急了，就大聲罵兒子說：

「你這個禍害！你慘了，等你父親回來，一定會和你算帳的！」

成名的兒子沒有想到，自己只是輕輕打開了盒子，竟然會引來這麼嚴重的後果！

母親的話把他嚇壞了，於是，成名的兒子就匆匆跑出了家門……

過了不久，成名回來了。他的妻子趕快把剛才發生的事，全都告訴他。

成名聽了妻子的話，整個腦袋嗡嗡響著，好像掉進了地獄。

於是，成名就氣得出門去找兒子，他在屋子附近繞了好幾圈，就是沒有看到兒子。

兒子到哪裡去了？成名又氣又急。後來，他來到村子的古井旁邊，往井裡一看……

啊——

慘了！兒子怎麼會躺在井底啊？

成名趕快叫人來幫忙，大家齊力把孩子從井底救上來。

只是……孩子好像已經不行了。成名看了，哭得很傷心。他把孩子抱回家，夫妻倆對著牆角默默的哭泣著。

成名邊哭邊想……

自己的命，怎麼會這麼苦呀？

一家人，能度過這個難關嗎？

黃昏，很快的來了。成名拿著草蓆，準備安葬孩子。當他不捨的撫著孩子的臉龐——

咦！咦！咦……

孩子好像還有一絲微弱的呼吸，肚皮也輕輕的起伏著。

孩子還活著！

孩子還活著！

成名急忙把孩子抱上床，這一切又有了希望。

半夜裡，孩子終於醒來了，夫妻倆的心情這才稍稍好轉一些。

成名仔細看著孩子，他發現孩子變得傻傻呆呆的。孩子沒有說話，一下子，又昏沉沉的睡了。

成名望著空空的蟋蟀籠子，想到還欠衙門蟋蟀，他的心情真是跌到了谷底。

成名回頭看著床上的孩子，他愈看愈難受。為了一隻蟋蟀，這孩子的命，差一點就沒了！

成名，可憐孩子，

成名，也可憐自己。

一整夜，成名都沒有闔眼。他看著窗外，天漸漸亮了。

忽然——

唧……唧……唧……唧……

唧……唧……唧……唧……

門外傳來了蟋蟀的叫聲，成名以為自己聽錯了。他再仔細一聽，沒錯呀！真的是蟋蟀的叫聲哩！

成名整個人彈了起來，他連忙起身走出家門，仔細的尋找……

啊——在這裡！

成名很快的伸手去捉蟋蟀。但是，蟋蟀唧的一聲，跳開了！

成名立刻跟了上去，把手掌彎成飯碗的形狀，很快的罩住了蟋蟀。但是，當他一放開手，蟋蟀又很快的跳開了！

這麼好的機會，哪能輕易就放

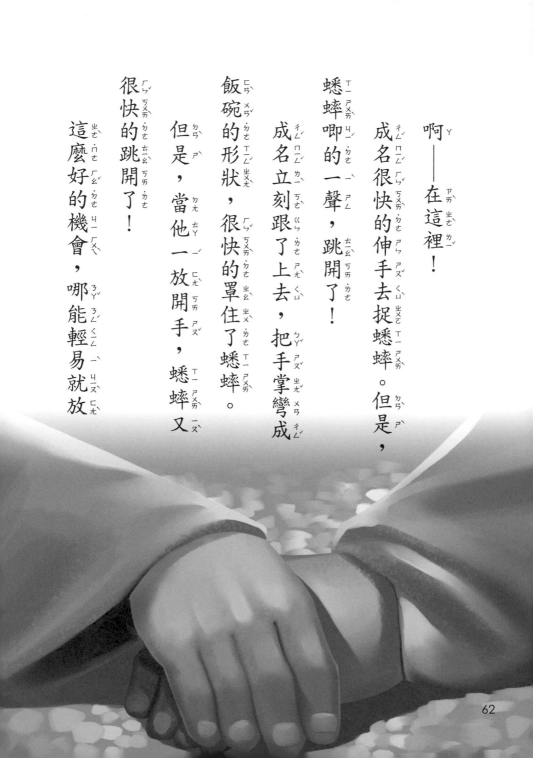

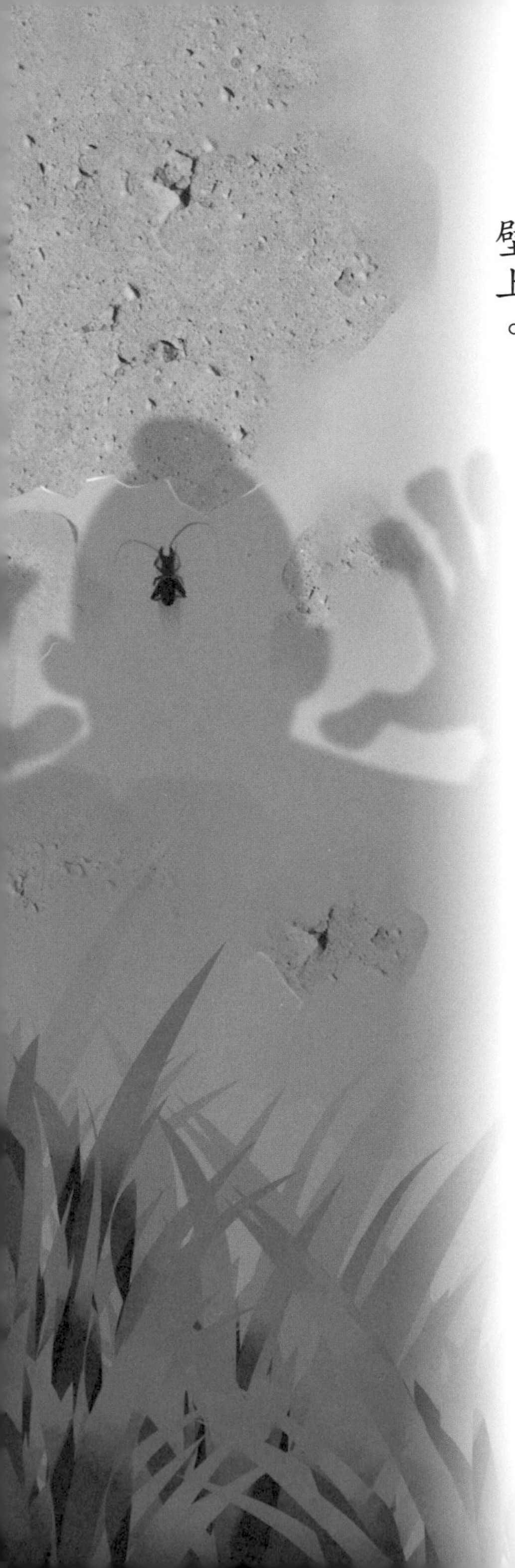

過呢？

成名緊追著蟋蟀，但是，當他一轉過牆角，蟋蟀又不見了……

成名左看右看、上找下找，終於看到蟋蟀就停在牆壁上。

沒想到，這時候，蟋蟀忽然跳到了成名的衣袖上，成名仔細的看著蟋蟀——正是「梅花翅」。牠方方的頭、長長的腿，是一等一的蟋蟀。於是，成名很快的把牠抓住帶回家。

但是，這隻蟋蟀比以前交的還小了一號，成名擔心衙門會不滿意。為了試一試牠的身手，他想先找蟋蟀來比鬥。

村子裡，有一個好管閒事的少年。他養了一隻蟋蟀，名叫「蟹殼青」，也是一等一的蟋蟀。少年常常帶著蟹殼青，和別的蟋蟀比鬥，每一次蟹殼青都贏。

蟹殼青是少年的寶貝，他等待著好機會，希望能賣個好價錢。

但是，少年把價錢開得太高了；所以，一直都沒有賣掉。

這一天，少年來到成名家，想和成名的蟋蟀比鬥。

少年小心的打開成名的蟋蟀盒子，瞇著眼

睛看了一眼，又很快蓋上，然後掩著嘴巴大笑。

接著，少年小心的把蟹殼青，放進了比賽用的鬥盆裡。

成名看了看少年的蟋蟀——蟹殼青身強體壯，果然是名不虛傳。

成名再看看自己的蟋蟀，根本就不能比。所以，成名不敢讓牠和蟹殼青比鬥。

但是，少年卻很堅持……

成名暗暗想著，好吧！這隻看起來不起眼的蟋蟀，也不會有什麼大用處，倒不如讓牠好好的比鬥一次，即使輸了，至少也能換來一笑啊！

於是，雙方就各自把蟋蟀放進了鬥盆裡。成名的小蟋蟀，靜靜的伏著，一動也不動。

少年看了又是一陣大笑，他拿著豬鬃，逗弄著小蟋蟀的觸鬚。但是，小蟋蟀

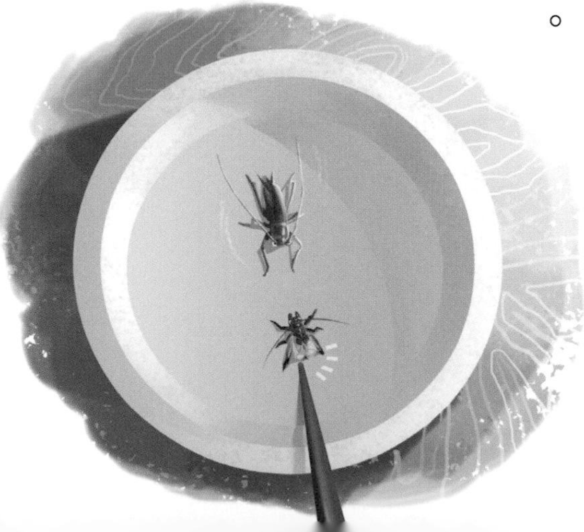

還是伏在那裡，一動也不動。少年看了又大笑，繼續逗弄著小蟋蟀。

這時候，小蟋蟀好像忍了很久似的，突然暴怒起來！牠全力衝向蟹殼青……

兩隻蟋蟀立刻激烈的打了起來，還不停的唧唧大叫著。只見成名的小蟋蟀，很快的跳起來，張開尾巴、豎起觸鬚，緊緊咬住蟹殼青的脖子。

少年一看情況不妙，就急急忙忙的把兩隻蟋蟀分開，停止這場比鬥。

這時候，小蟋蟀抬著頭、震動著翅膀、得意的唧唧叫著，好像在對成

名說：「我贏了！我贏了！」

成名看了，真是高興啊！

少年不敢再小看成名的蟋蟀，於是，兩個人停止了比鬥。過了好一會兒，兩隻蟋蟀都平靜下來了。成名就和少年一起看著蟋蟀，比較牠們的優點。

少年邊看邊稱讚，成名愈聽愈高興。

這時候，突然有一隻公雞，對著成名的蟋蟀衝過來，張口啄了下去！

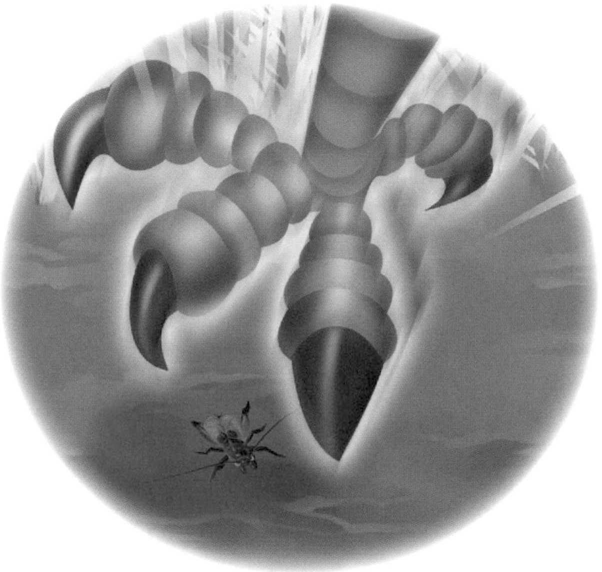

成名看了，嚇得驚叫著：

「啊——啊——」

幸好，公雞並沒有啄中蟋蟀。因為，蟋蟀在一瞬間，跳開了一尺多遠。

公雞又大步追了上去，牠用腳一踩，蟋蟀好像被雞爪重重的壓住了。

事情發生得太突然了，成名根本來不及救蟋蟀。他嚇得臉色發白，暗暗想著：

「這一次，蟋蟀應該沒救了！」

成名很快的跟了上去，他非常想知道，雞爪下的蟋蟀到底是怎麼了？

成名靠近一看，看到公雞伸長了脖子，頭還不停的左右搖晃著。

這隻公雞，是怎麼了？

成名仔細一看，他幾乎不敢相信自己看到的——

蟋蟀竟然站在雞冠上，緊緊的咬住不放。

成名看了，又是一陣驚喜。小蟋蟀才

剛剛打敗了蟹殼青，現在不但閃過了雞爪，更站在雞冠上，又是一次勝利啊！

雖然，這隻蟋蟀個子小小的；但是，卻千萬不能小看牠呀！

成名小心的捉住蟋蟀，輕輕的放進籠子裡。小蟋蟀既然這麼厲害，應該趕快把牠交給衙門，免得又出了什麼意外。

第二天，成名帶著蟋蟀來到縣衙，他把蟋蟀呈給了縣令。

縣令一看到這隻小小的蟋蟀，就把成名狠狠的罵了一頓。

成名趕快把蟋蟀奇特的本領，仔細的對縣令說了一遍。但是，縣令哪裡肯相信？

於是，成名就對縣令說，只要讓牠和別的蟋蟀比鬥，就可以知道真假了。

縣令聽了，就命令衙役找了幾隻蟋蟀來比鬥。果然，這些蟋蟀全都被打敗了。

縣令又找來一隻雞和牠比鬥，也證明成名的話是真的。

縣令看了又驚又喜，這麼奇特的蟋蟀，真是難得一見，得立刻往上級送才對啊！

於是，縣令就重賞了成名。終於交差了，成名大大的鬆了一口氣。

縣令把蟋蟀呈給巡撫，並且，詳細的報告了比賽的經過。

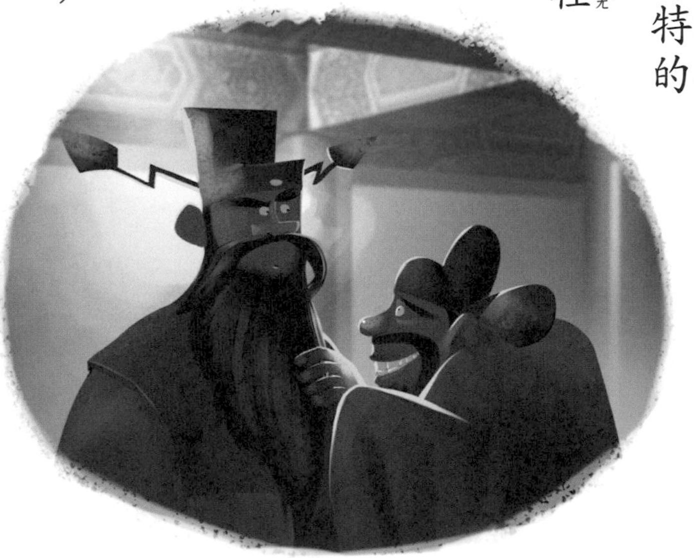

巡撫聽了非常高興，他小心的把蟋蟀裝在黃金籠子裡，還寫了一封奏摺，詳細的報告牠有多麼的特別。然後，立刻派專人騎著快馬，把蟋蟀送進了紫禁城。

紫禁城裡，有各地進貢來的蟋蟀，像：「蝴蝶」、「螳螂」、「油利撻」、「青絲額」等有名的品種。這麼多蟋蟀，唧唧唧唧的叫著，真是熱鬧啊！

宣宗皇帝看到巡撫送來的蟋蟀，並且看過了奏摺，他半信半疑的說：

「這隻小蟋蟀，真的有那麼厲害嗎？」

於是，他下令，讓小蟋蟀和那些有名的蟋蟀，一隻一隻的比鬥。果然，就像巡撫在奏摺上說的一樣。

天底下有什麼蟋蟀，宣宗皇帝沒看過？他看了華陰縣送來的蟋蟀以後，心裡真是高興啊！

更奇特的是，每當樂師彈奏樂器、音樂聲響起的時候，這隻蟋蟀都會按著節拍，跳起舞

來……

宣宗皇帝看了，真是高興極了！這隻小蟋蟀，真是天下第一蟀啊！

於是——

皇帝一高興，就重賞了巡撫，獎賞他名馬和錦緞。

巡撫一高興，就重賞了縣令，讓他名揚天下。

縣令一高興，就重賞了成名，免除他的勞役，還保送進縣學讀書。

城南學堂

這一隻小蟋蟀——
讓大家非常驚喜，
讓大家非常滿意。

一年多以後，成名的兒子漸漸的醒過來，也漸漸的恢復了健康。有一天，他對父親說：

「前一些日子，我變成了蟋蟀，很會打鬥，直到現在才醒過來。」

成名聽了覺得非常神奇，他和妻子都高興得流下淚來。

這，到底是怎麼一回事呢？

從此以後，成名開始養蟋蟀、尋找蟋蟀、研究蟋蟀、訓練蟋蟀，漸漸的成了很有名的蟋蟀達人。他一找到特別的蟋蟀，就立刻送到官府，因此常常得到重賞。

天下第一蟀

短短的幾年裡，成名已經擁有一百多頃的田地、很多名樓豪宅，還有上千的牛羊，成為當地的富翁。他每次出門的時候，都穿著上好的衣服，騎著高大的駿馬，勝過當地有名的家族。

成名，委屈了大半輩子；現在，他真的成名了。這一切，竟然是小小的蟋蟀帶來的……

唧……唧……唧……唧……

知識萬花筒

小朋友，你看過蟋蟀嗎？蟋蟀的後腿很有力氣、很會跳躍，晚上還會發出唧唧的叫聲，但牠可不是像我們一樣從喉嚨發出聲音的喔，牠的聲音是從哪裡來的呢？一起來認識這特別的昆蟲吧！

·唧唧唧的「促織」

蟋蟀又叫「促織」或「蛐蛐」。剛出生的蟋蟀，形狀很像紅螞蟻，呈現透明狀。出生6個小時後身體會慢慢變色。經過幾次的蛻殼，小翅膀慢慢長出來、變長。哪裡可以看到蟋蟀呢？蟋蟀有保護色，喜歡躲在通風、草不高的植物叢間或草地裡，也會躲在樹皮、石塊或落葉縫隙中。當求偶，或有其他蟋蟀進入自己的地盤時，雄蟋蟀就會摩擦翅膀來發出宏亮的聲音，而雌蟋蟀則不會發聲。

·鬥蟋蟀

鬥蟋蟀是從中國流傳下來的，每到秋天，人們就到郊外的草叢、牆腳、地洞尋找蟋蟀，或是到專賣蟋蟀的店鋪選購。要如何選擇蟋蟀呢？據說以前的人是用由老鼠鬚黏在細竹籤上做的探子，引蟋蟀鳴叫，叫聲響亮的，代表鬥性堅強，價格比較昂貴。蟋蟀買回家後，用泥盆瓦罐養著，然後每天定時餵食，訓練牠好鬥。鬥蟋蟀時，把蟋蟀

放在鬥盆裡，用探子撥牠的鬚，讓兩者相鬥。臺灣也有鬥蟋蟀的活動喔，臺南市每年暑假，就會舉辦熱鬧的「鬥蟋蟀」大賽。

・蟋蟀宰相

南宋有位名叫賈似道的人，在朝廷擔任官職。賈似道雖然位高權重，但生活卻非常靡爛，他最喜歡的娛樂之一是「鬥蟋蟀」，時常日夜以鬥蟋蟀取樂。他擔任了三朝的宰相，因為熱中鬥蟋蟀，還曾帶著蟋蟀上朝，被稱為「蟋蟀宰相」，但也因而誤國，最後被抄家處死。賈似道對蟋蟀非常有研究，曾經編寫了世界上第一部關於蟋蟀的書，叫做《促織經》。

《天下第一蟀》的身世

《天下第一蟀》選自蒲松齡的名著《聊齋誌異》第四卷，原篇名是〈促織〉。《聊齋誌異》是古典文學名著，已經流傳超過兩百年。

蒲松齡（1640－1715），字留仙，號柳泉，山東淄川（今山東省淄博市淄川區）人。蒲松齡一生沒有功名，卻由於《聊齋誌異》而名留青史。

國家圖書館出版品預行編目資料

天下第一蟀／謝武彰文；林芷蔚圖 --
第二版. -- 台北市：
親子天下, 2019.08
92 面；14.8x21公分. --（閱讀123系列
；47）
ISBN 978-957-503-466-5（平裝）
863.59 108011244

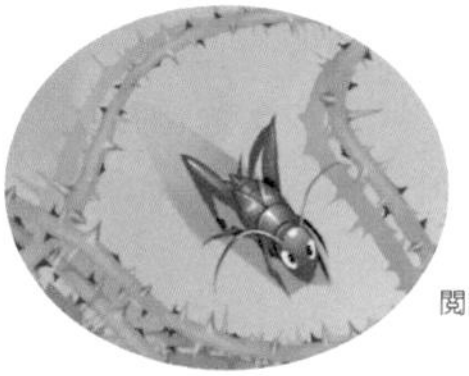

閱讀 123 系列 047

天下第一蟀

作者｜謝武彰 繪者｜林芷蔚
責任編輯｜黃雅妮
特約美術設計｜林晴子
封面設計｜蕭雅慧
行銷企劃｜王俐珽

發行人｜殷允芃
創辦人兼執行長｜何琦瑜
總經理｜王玉鳳
總監｜張文婷
副總監｜黃雅妮
版權專員｜何晨瑋

出版者｜親子天下股份有限公司
地址｜台北市 104 建國北路一段 96 號 11 樓
電話｜（02）2509-2800 傳真｜（02）2509-2462
網址｜ www.parenting.com.tw
讀者服務專線｜（02）2662-0332 週一～週五：09:00~17:30
讀者服務傳真｜（02）2662-6048
客服信箱｜ bill@service.cw.com.tw
法律顧問｜瀛睿兩岸暨創新顧問公司
總經銷｜大和圖書有限公司 電話：（02）8990-2588

出版日期｜ 2013 年 6 月第一版第一次印行
2019 年 8 月第二版第一次印行
定價｜ 260 元
書號｜ BKKCD135P
ISBN ｜ 978-957-503-466-5（平裝）

閱讀123